엎드려 별을 보다

책 만 드 는 집
시인선 003

엎드려
별을 보다

김일연 시집

책만드는집

꿈꾸는 그 동안만이 살아볼 만한 현실이다

—2011년 시월

김일연

| 차례 |

2부

3부

4부

5부

1부

기러기 떼 눈동자 한곳으로 쏠리는
도끼라도 내리쳤나, 눈부신 겨울 하늘이
장작이 두 쪽이 나듯 빠개져서 솟는다

찔레꽃가뭄

미순이 흰자위 빛 찔레꽃

핀다
핀다

맨드라미 벼슬 빛 뻐꾸기

운다
운다

소나기 한줄기 맞아라

사람아
가문 사람아

묵매墨梅*

고양이 발자국이 점점이 다녀간 후

매화
먹 가지에
물오르는 환한 밤

우물에 별자리인 양 뜨고 있는 괭이눈꽃

가느다란 붓끝이 찍고 간 눈동자에

별빛
모아
불꽃 일 것만 같다

봄밤에 다녀가시라고
끈
풀어놓는다

* 표암 강세황(1713~1791)의 〈묵매도〉

눈머는 깊이

꽃은
눈멀어
몸을 다 연다

그마저 없다 하면
봄가을
우찌 살꼬*

눈머는 그 깊이 아니면
무엇을 하리

짧은 날을

* 김춘수 시 「하늘 수박」에서

매생이국

자다 문득 한 짐 눈 겨워 뜨는 밤이면

매생이 국물 속에 까무룩 잠겨 있다

너 없이 숨 쉴 수 없어 먹먹히 갇혀 있다

그리움이 넘치면 사람으로 못 살고

살도 뼈도 다 녹은 한 뭉치 매생이 되어

어둠의 바다 가운데 파도 아래 그 어디

미시령 안개

동해가 붕새 되어 골짜기를 덮친다

삽시에 첩첩 산을 자욱이 가려버리고

바다가 그 큰 날개를 펴고 허공에 흩어진다 아아

눈물에 젖은 몸이 젖어 무거운 몸이

숲머리 설악 하늘 구름 연꽃 속으로

설움이 그 큰 날개를 타고 아득히 흩어진다 아아

극락강

극락강 가에 앉아
어머니와 나와

아기를 들쳐 업고 기저귀 보따리 안고

가난한 어린 엄마가
앉아 울던 그 강가에

옛이야기 나누며
어머니와 나와

한참을 울다 돌아가 다시 살던 타관 땅

강 너머
극락을 가는
구름 가마에 앉아

관음 어머니

동대문시장 가서 옷 사 입혀드리고
멀찍이 떨어져서 뒤돌아보시라 하며
참 좋다,
참 좋다 하시는
어머니를 보는 일

아래로
흐르고 계신 어머니 관음님의
눈가에 비어지는 눈물도 눈물이거니
비싼 옷 못 입으시는
마음도 물인 것을

선재동자가 관음을 뵈옵는 것도 그렇지만
내가 어머니 되고 어머니 할머니 되어
환하게 마주 서 웃는
이날이
좋지 않으랴

미나리아재비와 애기똥풀

너는
나인 듯이
나는 너인 듯이 서서

해 났다 햇빛 쬐자 눈물 담고 웃는다

여기서 돌아가지 말자

산언덕에
나란히

꿈꾸는 동안만이

내가 꿈을 꾸는 것인가 꿈이 나를 꾸는 것인가

나비가 된 내가 팔랑팔랑 날아다닐 때 내가 된 나비가 가시덤불 속으로 나를 쫓아온다 꽃이 된 내가 까마득한 벼랑에 매달려 있을 때 내가 된 꽃이 더 까마득한 벼랑으로 위태로운 손을 내민다

그러나, 꿈꾸는 그 동안만이 살아볼 만한 현실이다

아침 기도

이른 아침 눈을 뜨면 나도 몰래 눈물이 나
철없던 스물부터 철 지난 지금까지
간절한 그 무슨 바람이 있는 것도 아니련만

스물의 사랑 앞에
삶 앞에
죽음 앞에

그보다 두려운 것은 사람의 쓸쓸함 앞에

나 항상 새로 눈뜨며 가만히 눈물이 나

완허당 玩虛堂*

먼 산 위로 둥둥 뜨고

숲으로
툭
떨어지고

허공에 드리워진 아스라한 줄 끝에

춤추는 자벌레 스님,

그 아래

내설악 계곡

* 허공을 가지고 노는 집

24

무창포

무창포 해변에 횟집 푸른 수족관

조가비 눈을 뜬다 바다인 줄 알고

그대가
바다인 줄 알고
눈이 부시게 바라본다

스르르 입 벌린다 갯바위 파도 기슭

보고 싶다 철썩이는 물거품이 그리워

아득한
유리 바다에
혀를 붙인 꽃조개

역광을 찍다

기러기 떼 눈동자 한곳으로 쏠리는

도끼라도 내리쳤나, 눈부신 겨울 하늘이

장작이 두 쪽이 나듯 빠개져서 솟는다

한 발의 셔터 소리 튀는 해의 파편으로

허공 속에 박히는 희디흰 날개 뼈들

후드득 푸른 핏방울 몇 손등으로 지다

몰운대의 아침

날밤 꼬박 새우고 부은 눈으로 소금강 왔다

지난밤 나의 어둠을 할퀴던 발톱이었나

소복이 한 마리 새는 깃털 옷 벗어놓았다

밥으로 서지 않고 바람으로 일어서겠다

텅 빈 겨울 숲으로 단식에 든 골짜기

비탈에 박달나무도 껍질 한 겹 벗는다

외롭단 말 끝내 않는 아침이 여기 있다

몰운대 밤새 할퀸 어둠과 대적했던

바람은 절벽에 섰고 얼음장 바닥에 차다

엎드려 별을 보다

예쁜 네가 보고 싶어 어깨를 수그린다

허리를 구부린다
무릎을 접는다

봄풀은 하늘땅 바닥에
별꽃 무더기를 피운다

두꺼운 안경을 벗고 마이너스 디옵터의 시력으로

별을 엎드려 보는
나는 행복하다

우주와 맨눈으로 맞춘 초점

가장 낮게
순하게

서해 바다 돌고래의 물장난

파도가 물을 데리고 동그라미 그리며 놀고 있다

둥글게 둥글게 아기 돌고래들이 꼬리잡기하는 건 바다 밑 바위가 치는 물장난 파도야 나 잡아봐라 바위야 나 잡아봐라 쉼 없이 물장난 치는 은빛 봄바다에 가득 떠 흐르는 빛의 꽃 떨기 우리 집에 왜 왔니 우리 집에 왜 왔니 까치발 딛고 반짝이는 꽃신 발자국들 멀고 가까이 손목 가마 타고 둥둥 떠오는 섬 두엇 구슬치기하자 공기놀이하자고 그 위에 또 차르르 헤살 놓는 갯바람

매매*야 들어와 저녁 먹어라 엄마 목소리 들린다

* 苺妹 아명

가을의 시인

석유 심지
내리고
길어진 외줄기 길

감나무 가지마다 익는 감이 등잔 같다

제 몸이
기름이 되어*
등불을 밝히고 있다

* 사랑받는 것은 불타오르는 것, 사랑하는 것은 고갈되지 않는 기름
으로 불을 밝히는 것이다―릴케의 「말테의 수기」에서

2부

걸어가는 나무 되어 젖는 들길 가다 보면
모자도 날려버리고 신발도 던져버리고
맨몸이 초록이 되어 뒹굴어 흐르고 싶다

눈길

눈길 미끄러우면 한 번 미끄러져 주자

엉덩방아 찧으니
닿을 듯 파란 하늘

웃으며
미끄러지자

살아 있는 좋은 날

산내리 비

바라만 봐도 좋을 맞으면 더 좋을
비가 되어 부슬부슬 산내리 걷다 보면
어느새 내 어깨 위에 어린잎은 돋아나고

빗물 먹고 부푸는 싱싱한 가지마다
먼 곳에서 돌아온 어여쁜 나의 새의
굳은살 여물어가는 발가락이 앉는다

걸어가는 나무 되어 젖는 들길 가다 보면
모자도 날려버리고 신발도 던져버리고
맨몸이 초록이 되어 뒹굴어 흐르고 싶다

금강 바다

그대
멀리 보이면

눈이 시원해지는

내 사랑은
부드러운 금강의
무한 바다

넘치는
그 바다 하나

그대 멀리 보이면

대적광전大寂光殿

개구리 떼울음 와글와글 자갈밭에 세차다

물이 되어 굼실굼실 몰려오는 검은 하늘 자욱한 물화살에
쓰러지는 산굽이 난바다 해일로 휘감기는 숲을 몰고 처마 끝
풍경에 미친 듯이 들이치는 비바람 넙적한 암록의 잎사귀 위
좌르르 쏟아지는 물줄기

빈집에 들이치며 쓰러지며 요동치며 구르니

들이치며 쓰러지며 요동치며 구르는

텅 빈 대적광전에 홀로 앉은 일엽편주 뻥 뚫린 이백여섯 뼈
마디 푸른 물멍 든 솜방망이 하나 폐부를 쥐어짜던 속울음을
삼키고 끓던 이마 섬뜩하게 부은 눈알 쏙 빠지게 귓구멍 얼얼
하게 콧구멍 싸하게도 속절없이 쳐다보는 이윽고 빽빽한 소리
의 밀림 나도 없어지고 너도 없어져 바늘 한 코 스며들 틈새
기 없는 온통 가득한 빗소리 수위로 차오르는 고요의 밀림뿐

36

이제야 못 잊을 것이야
잊을 것도 없어라

홍천 가는 길

강원도 깊은 산이 누지근히 흘러온다
치열했던 전투의 생생한 이야기가
는개 속 이무기 되어 꿈틀대는 말고개

그 고개 바라보며 곤한 길이 쉬는 곳
한 모라기 저녁연기 꺾이어 나지막이
파랗게 그대 눈길 따라 흩어지는 가겟방

사람들 두어서넛 탁배기 잔 돌리고
낡은 상엔 방금 내온 청국장이 끓는데
문밖엔 적막강산이 길눈으로 쌓인다

몬 산다 가스나, 누가 눈을 턴다
공기통 반절 열린 단 쇠 난로 속에
통나무 쪼갠 가슴팍 튀어 오르는 불꽃

사랑한다 사랑한다 못다 한 통곡이
불티로 피멍울로 허공중에 흩어진다

터질 듯 막힌 소리가, 물이, 끓고 있다

국숫집에서

어머니와 마주 앉아 국수를 먹었습니다

해 좋은 유리창 밖 밀물처럼 오는 봄

새들이 날아가는 소리 호르륵호륵 내면서

한 그릇 다 드시고 매콤해서 별미로구나

철쭉꽃에 겹치는 주름꽃 환한 웃음이

인라인 스케이트 타고 쭈르륵 미끄러지면서

목련 달빛

뒤울안 헛간 위로 물고기가 날던 집

불타는 개 한 마리 뛰어 들어온 그 밤

담장에 목을 내놓고 피 흘리던 목련 달빛

깊푸른 우물 속에 칠면조가 잠든 집

살쾡이 눈초리가 훑고 간 마루 밑에

아기를 뱃속에 품고 숨죽이던 별빛 풀꽃

담양 길

자전거 느릿하게 구불구불 흘러간다

나풀대는 옷소매 팔 벌리고 하늘 본다

신록의 메타세쿼이아 바람 따라 날린다

오랜만에 찾아온 새파란 새댁 보고

꿈속의 아버지도 풀냄새로 오신다

팔 그네 하늘 닿도록 한 아이 깡충거린다

가은역 들국화

바람 연풍 지나고 가을 성당 지나서
볏단 이울어가는 녹슨 철길 끝에는
마지막 이슬방울로 피어나는 연보라

화려한 콜로라투라는 비록 아닐지라도
서늘한 늦저녁에 들려오는 나의 첼로
어둠이 긴 활을 안고 너를 켜고 있으니

더 좋은 때 있으랴 우리 사랑하기에
짧은 추억 뒤에는 길고 긴 밤 오리니

더 이상 좋은 때 있으랴
우리
이별하기에

마이산 능소화

당신을 앉히려면 바위라도 깎겠네

꽃보다
꽃잎보다
부드러운 바위가 되어

군티도 상처도 없이 보듬는 바위 되어

팬 곳마다 깃드는 꽃송이가 되겠네

돌보다
바위보다
단단한 꽃이 되어

상처에 꽃 들일 줄 아는 꽃나무가 되어서

여름 운문사

돌담 따라 가는 길 닫히다 만 문틈에

재가 되는 그리움 달아오른 잉걸불

고무신 모로 앉은 방 초경 빛의 아궁이

예닐곱 소근소근 지나가는 발소리

생솔 타는 냄새로 퍼붓는 땡볕이나

고봉밥 부푼 세상을 뜸 들이는 운문사

토우처럼

황토 붉은 마음 밭에
환한 눈은 내리고

적설
쌓인 위에
어느덧 봄은 와서

턱없이 꽃 사태가 진
꽃잎 썩은 흙덩이를

턱없는 사랑이면
추스르고 다스리고

슬픔이거나 눈물이거나를
짓이겨 매만져서

이 못난
순정의 끝을

무심의 아름다움*으로

* 최순우의 『무량수전 배흘림기둥에 기대서서』 중 신라 토우의 '무재
  주의 재주'를 표현한 것

나무 청자

구름 학 날아가고 물고기 몰려가고

모란 연잎 당초문 다 이운 후에라야

투명한
흙빛을 안고
비색은 차오른다

인생도 기다려보려네, 빨강 노랑 하양 꽃

꽃가지에 부대낀 괴로움 다 벗은 나무

그윽한 순청자 항아리로
태어나
내게 왔으니

비금도 해국海菊

사랑의 힘이로구나, 폭풍우와 해일도

머리에서 가슴까지
찡하고
울리는

향기가 되어버리는 조그마한 꽃송이

당신이 좋아서 꺾일 듯 일어나는

아프지 않고서는 피어날 수 없는 행복이

춤추는 뒤꿈치를 하고
노랗게
살아 있구나

함박꽃나무 아래로

함박꽃나무 아래로 섶다리가 보이고

다리 아래 계곡엔 맑은 물이 흐르고

물 아래 흰 돌바닥엔 네 얼굴과 내 얼굴

자갈돌 하나 주워 살며시 던져보면

물꽃 따라 달아나는 붉은 구름 저녁 해

해 지면 하얀 어둠이 함박꽃나무 아래로

꿈 밖의 가을

푸른 날을 보내고 까맣게도 놓치고

삼베 올 주머니에 털어 넣은 찬밥이

되었다 묽었다 하며 가고 있는 늦가을

새도록 풀 덩이가 몸속을 휘젓는 밤

막혔다 뚫렸다 하며 체했다 열났다 하며

그대를 잃어버리고 꿈 밖으로 놓치고

입추

밤더위에 길고양이 아웅아웅 하더니

첫새벽 소나기 긋고 비둘기 구구 난다

싱싱한 매미 울겠다 들 잎사귀 산 잎사귀

이 비 다 그치고 산막 깨끗해지고

짙어진 밤이슬에 코스모스 젖는 날

앞 냇물 가을 잔고기들 환한 속 보이겠다

3부

홀로 남겨진 검은 물새 한 마리
갯벌에 박혀 있는 부서진 조각배가
아프게 바라보고 있다
적출된
새만금 자궁

별나라의 장난

네로의 엄지가 된 내 손끝에 복종하던

내가 완전 복종하던 내연의 나의 별이

갑자기 찌르는 장난을 친다

너를…
삭제할까요?

인간의 묘지

홀로 남겨진 검은 물새 한 마리

갯벌에 박혀 있는 부서진 조각배가

아프게 바라보고 있다

적출된
새만금 자궁

한 줌 꽂혀 있는 허리 꺾인 갈대 줄기

땡볕에 누워 있는 찢어진 장화 한 짝이

멍하니 바라보고 있다

마르는
어미의 무덤을

우포

나 언제나 그리던 여기 배를 대겠네

물풀 융단 자리 보아 별구름 이불 덮고

인생도 걸어온 길도 너의 품에 뉘고 싶어

한잠 잘 자고 싶어 푸른 팔베개 하고

물안개 습포처럼 먹먹히 스며들면

잊었던 어머니의 피톨은 내 안에 다시 돌아

늪 물의 수렁이면 버들잎을 피우고

가시의 몸속에서 가시연꽃 피우며

무욕의 고통 속에서 나, 힘을 얻겠네

여름 산에서

스님이 범종 울리며 박자를 맞추시니
하나 건들, 두울 끄덕, 세엣 놓고
두우우웅

그 걸음 늡늡하여라 가랑이도 춤춘다

엎치었다 잦히었다 잔뜩 부푼 등허리
희뜩번뜩 녹음을 휘젓는 산바람도
몰아쳐 빠지는 타법 초록 불길 우우 일고

한 해의 무논에도 때맞춰 물이 찼다
한가득히 차올라 넘치지 않는 만큼은

사람아, 기다려주오
날 울리려거든

초록의 방

안경엔 김 오르고 스틱은 미끄러져
용을 쓰며 내려오는 진흙탕 된 하산길
산토끼 문득 재바르게 수풀 속에 숨으니

새삼 비 오면 좋아서 튀어나오는 것들 보인다
싱싱한 나무 밑동 무당개구리 팔짝 뛰고
넓적한 바위 평상엔 엉금엉금 두꺼비

삽시에 날이 맑다 눈 시린 초록의 방
안개 차일 올리는 등성이 지느러미
구름이 풀포기 나를 빙그레하며 보시다

버들치 놀이

상수리 잎 아른대는 그늘 맑은 계곡에
바위틈 몰려다니는 재바른 물고기들
버들치 까만 그림자를 버들치인 줄 알았지

햇살을 몰고 노는 조그마한 개울물
저 그림자 나일까 빛은 어디 숨었을까
구름도 헤집어보고 하늘 톡톡 쳐보고

가라앉은 낙엽 찌끼 삭아가는 나뭇가지
물속에 어른대는 옷 주름 사이사이
잔물결 끌고 다니는 버들치하고 나하고

혼자

헤드라이트 불빛에 일렁이는 그림자

가만히
훔쳐보고
머뭇머뭇 돌아보는

나비야 밤의 모퉁이에 너는 외톨이구나

종일 오고
밤새 와도
눈사람 하나 없이

또 왔다, 찡그리고 염화칼슘 뿌리는

폭설아 이 도시에서는 너도 혼자로구나

살처분

소 돼지 수백만 마리를 산 채로 묻었다

아픈
사람만이
살아 있는 오늘인데

안 아픈
몇만 날의 나를

살처분해야 하는가

해산!

꽉 찬 주차장에서 너를 끄집어내 봐

너의 그리움이었던 무엇을 그리워해봐 안고 있는 똥배를
눌러 뭉개버리고 경마 말 왕발산보다 풍운아보다 더 빨리 달
려봐 날아봐 바퀴가 날개 되도록 바람이 되어 웃어봐 소나기
로 실컷 울어봐 울어 그을음을 지워봐 너를 지워봐

지워진 너를 찾아서
간다,

일동 해산!

민들레

부풀어
팽팽하게
저와 맞서고 있다

번쩍이는 유리 빌딩 층계와 층계 틈에

껍딱지 모래알 새똥도
사는 일에
부풀었다

나의 잘못

땅의 노고 바람의 노고 비의 노고 해의 노고를
말하기 좋다 하고 함부로 하였는가
대낮에 빈둥댄 내가 서른 명을 매몰시켰다

칼과 도마 분쇄기 꼬챙이에 피 묻히고
새파란 가스 불꽃에 살 뭉치를 튀기던
그 순간 비행기가 폭발해 삼백 명이 찢겨 나갔다

원래 내 것이었던 진흙 같은 울음소리
망각의 수증기로 잃어가던 늦은 밤
뼈저린 내 죄를 대신하여 수만 명이 수장되었다

춤

배고픔
목마름
외로움보다
먼저

춤추지 않는 춤은
이제
춤이 아니다

끔찍이 상처 난 언어는 이미
상처 입은 언어가
아니다

선운사 천불동

혜초 아니라도
선운사 스님을 따라
짧은 해 밟고 가는 어스름 가을 비단길
둔황의 갈대꽃처럼 나뭇잎은 부시고

부시게 진 한 잎이 내려앉는 자리에는
쭈그러진 자궁 되어 덩그렇게 솟아오른
주검과
생목숨들이
함께 사는 검은 뿌리

선운사에 닿아 있네
천불동 그 배 한 척
저녁 예불 드리는 진흙 빛 나무 굴마다
발갛게 봉오리 여는
문득,
연꽃을 보다

비단거미의 죽음

줄은 비단이라도
아무리 좋은 거라도

제가 친 덫 세상에서 놓여나는 몸뚱이

바람에 마르는 거미 앞에
잘 가시라

묵념

백령도

바다에게 바치는 사랑의 시를 쓸까

섬을 쓰다듬으며 들고 나는 숨소리

그 절제 그 부드러움이 그립다 쓸 수 있을까

잠 못 드는 등대의 냉가슴을 때리며

풍랑의 퍼런 눈이 토악질을 하는데

울고만 있어도 되나

두려워도

너, 말해다오

삶은 베이지 않는다

까고, 던지고, 던지고, 또 던지고
흙물이 눌어붙은 닳아빠진 칼을 잡고
두 눈은 꼼짝 않고서도 표적을 놓치지 않는다

움직이는 손끝만이 한 점 초점이 되어
머리끝서 발끝까지 예민하게 휘어 있다
손끝은 아무리 빨라도 칼날에 베이지 않는다

가뭄

치오르고 갈앉고
치오르고 갈앉고

마른 내 웅덩이에 퍼덕이는 등줄기

찐득한 진흙 덩어리로

몸부림치는
잉어!

4부

그대 내게 오셨기에 돌을 벗고 허물 벗고
하늘을 건너가는 연푸른 나비처럼
내 안에 영혼이란 것도 있는 것을 알았습니다

아름다움의 근원

우주 먼지 알갱이가 만들어내는 별빛
못난 돌멩이들이 만들어내는 물소리

이 밤의 아름다움의 근원은

돌멩이다
먼지다

세상 등불이 꺼진 깜깜한 어둠이라도
난 그런 돌멩이
그런 먼지다 생각하면

사랑도 혼자 가는 길도

아프지 않다
외롭지 않다

히어리꽃 그늘 아래

누군가 바라보던 지난해의 함박눈

먼 훗날의 이슬비 여기 다녀간 것 같아

나 언제 다녀간 것 같아

신비롭게

우리 웃네

나를 발견하는 이

제 안의 부처님을 보이시는 돌멩이

제 안의 고운 날개 펼치시는 애벌레

내 안의 나를 발견하는 이는 그러나 바로 당신

그대 내게 오셨기에 돌을 벗고 허물 벗고

하늘을 건너가는 연푸른 나비처럼

내 안에 영혼이란 것도 있는 것을 알았습니다

초봄의 반야심경

반야심경
읽으며 비 오시는 조계사

약사여래
석가여래
아미타여래
사람 앉은

대웅전 지붕의 눈도

물이 되어
흐르고

허물

매미는 날아가고 벗겨진 껍데기 둘

빈 등짝을 벌리고 쪼그린 너와 나를

커다란 나무 그늘이 품고 있네, 다정히

태백 산당화

함석지붕 내려앉은 뭉개진 돌담 끝에

걸터앉은 검자주 목을 감는 뱀 향기

사람은 어디로 가고 오가느니 흰 구름

낙동강 발원하여 바다에 닿는대도

그건 바다 모래알 또다시 바위 되고

그 바위 구름 되도록 어라연 흐른 날에

눈이라도 맞출 양이면 그때에나 해보는 것

그때나 누가 울컥 핏덩이마냥 토해논

당신이 오지 않아서 고개 꺾은 산당화

80

둥그런 눈썹에서

소리 없이 환하게 휘어지는 하늘 능선

날 보면 구부러지는 둥그런 눈썹에서

우리 님 하얀 눈웃음 천지 사방 날리어

두 팔 벌려 안아보고 손 모아 받아보는

저 산에도 마음에도 이날 같은 함박눈

날 보면 구부러지는 즐거운 귓바퀴에서

니야*를 찾아서

신기루를 향하여 기차는 달려가고
가도 가도 모래성 타클라마칸 한가운데
얼룩진 호수 기슭이 스친다, 니야처럼

                    *

허무란 벽을 뚫고 끝이 없이 날아온
날카로운 날개의 마지막 도착지처럼
오랜 길 벼린 바람이 깎아지른 이 마음

거친 꿈이 세워놓은 칼벼랑의 이 바위
눈물 묻은 렌즈를 닦고 나는 다시 너를 보자
하늘은 절벽을 위해 높고 푸르게 있다

* 타클라마칸 사막 가운데 있었던 실크로드의 오아시스. 누란의 서방
  정토

눈물*

흙먼지 푸석이는 쓸쓸함의 바다에서

봄 사월 꽃잎 같은 떨림이 오고 있다

왜 이리 살기 팍팍해요 언니, 수화기 속이 젖는다

너와 내가 이어진 안 보이는 끈을 타고

붉어지는 눈시울 가득 채운 밀물이

고요히 물결쳐 온다 아득한 거리에서

* S에게

다시 오는 날에는

에이는 겨울날이 가고 또 지나가도

가고 또 지나가도 어김없는 봄날은

봄날은 새싹으로 옵니다

아이로
오겠습니다

이름값

꽃이 피니 그 나무 때죽나무라 불리고

쇠똥을 열심히 굴려 쇠똥구리라 불리고

어둠에 불을 밝히니 반딧불이라 불린다

겨울 낙관

하늘땅 한가운데
쩌엉
금을 내며

눈밭 뚫는
획으로
날아오른 소리개

힘차게 펴는 날개 끝

붉게 찍힌
저녁 해

제비꽃 누나

커다란 돌멩이에 제비꽃 눌려 있다

저보다 큰 바보 동생 추슬러 다시 업고

해 빠진 동구 밖에서 기다리던 노란 얼굴

날은 점점 어둡고 오가는 이 뜸한데

독만 한 걸 왜 만날 업고 있냐 물으면

은초를 밝혀놓은 듯 웃고 있던 맑은 눈

절집 차

녹음이 하늘 덮어 그윽한 그늘 아래

넘치게 뜨거운 찻물 자꾸 부어주시네

씻어낼 속진의 더께가 그리 많은가요, 스님?

얼굴

창문마다 등불 달고 터널에서 나온다
채송화 달개비로 손 흔드는 아이들
앞 강물 뒷산도 서로 우쭐우쭐 들렌다

어둠 속에 별을 찾는 새까만 눈동자엔
가난이 걸어온 길엔 아무런 장식이 없다
깨벗고 막무가내로 칙칙폭폭 안겨온다

이제나저제나 하던 쌀 튀밥이 터지면
눈부시게 나란한 이 하얗게 웃던 날을
어디서 무엇이 되어 다시 만나랴* 그 꿈을

* 김환기展에서

89

청도의 밤

흰둥이 가끔 짖어라
찻물은 숭숭 끓어라

보름달 탁자 위엔

함치르르
가을 반시

타관도 이 밤은 선홍

비등점의
빛깔

5부

봄 여름 가을 겨울 살다 보면 어느덧
꽃보다 상처이고 사랑보다 사람이라
사랑은 가고 없어도 사람은 남습니다

임진강 아버지

철새는 날아가고 까맣게 내려앉고

갈대는 자욱하고 하얗게 흔들리는

연연히 짙푸른 물살 철조망에 차다

누군가 앉아 있다 철새로 날아가나

자욱이 누가 서서 손 흔들고 있거나

강물은 제 깊이에서 무연히 흐를 것이니

앙상한 가시 끝에 찬바람 불어오면

저무는 까치집의 몸은 자꾸 기울어

아버지 눈빛 만나러 임진강 마중 간다

독립

자아실현 한다며
독립 선언한 큰딸이
거처를 정해놓고
마지막 출근을 한다

짐 싸서 나가고 나면
들어올 날 있을까

물린 아침상에
식어버린 밥 한 공기
준비 없는 심사는
용을 쓰다 꺼진다

이 빈집 견디는 것이
오늘 나의 독립이다

고매古梅

구부리며 천천히 먼 능선 밀어낸다
펴며 밀어낸 산 다시 쭈욱 당겨온다

그 자태 어여쁜 보살 한 분 합장해 절하는 앞

뼈만 남은 가지마다 꽃망울이 돋았네
수줍어 민망해서 얼굴을 돌리시는

아이야 한 번 더 웃어봐 고사리손 잡아줄게

육백 살 어린 몸이 봄볕에 다 들켰네
극락전 앞마당에 눈 못 뜨고 계시는

꼬마야 한 번 더 울어봐 눈물 콧물 닦아줄게

낙가산

낙가산에 올라 강화바다 밀물 보면

갯벌 같은 사람아
파도 같은 사랑아

부르며 우리 사는 세상이 달려오고 있지요

참느라 힘들었다 노을로 벅차지요

무릎이 흥건하도록
깨지고 넘어지며

마침내 여기 왔으니 말할게요 아름답다고

당신의 밀물

보름
밀물이
물밀듯 올라오면

목 감고 치런치런
황금빛
숨 막힙니다

당신의 밀물에 감겨
내가
숨 막힙니다

여름 귀향

걸어가는 사람들
나무 속으로 들어가고

실한 나뭇가지는
벽돌 속으로 자라고

집들은
구름 속으로
뭉게뭉게 올라가고

발굴의 비밀

발굴이 끝이 나면 유물은 죽어버리고

주검의 유리관 앞에 보물이라 명명되지만

미지의 들꽃 한 송이는 발굴되지 않는다

어떠한 푸른 미래가 발굴을 기다린대도

사막에 숨어 있을 모래 한 알의 폭풍

원시의 나의 다이아몬드는 발굴되지 않는다

가을 내장산

빛은 빛을 안고 업고 색은 색을 안고 업고

하늘과 땅과 나무 뒤치락엎치락 안고 업고

사람도 붉은지 푸른지

다 꽃이다

—화엄

한때 소낙비

버들잎 젖은 머리칼 바람에 구부려 털고

너울너울 큰 물방울 울렁이는 연잎 우산

넘치는 둠벙을 가르며 미끄러지는 때까우*

* 거위

몸살 지나고

이른 봄 새는 운다 찌르는 바늘처럼

그 울음 한 점 두 점 흰 앞섶에 떨어져

숫눈 위 첫발 디디는 해보다도 황홀해

난생처음 밥을 먹듯 숟가락 드는 아침

밥알은 한 알 한 알 혀끝에 어여쁘다

뭉쳤던 얼음 풀리고 물소리 쏟아진다

사는 힘

죽을힘으로 죄어 납작해진 넝쿨 줄기

죽을힘으로 버티던 나무 서로 뒤엉켜

녹음이 용호상박처럼 하늘을 덮더니만

부서져라 죄던 줄기 말라서 죽은 곳에

굳세던 왕소나무 넘어져 썩어 있네

인생아 가혹하여라

죽을힘으로 버티게

한칼

귀띔이나
오달지게 내 술 한잔 살 테니

　단풍나무 참나무 싱싱한 저고리 섶 금빛 해 수정 구슬 노
리개 달고 빛날 때 후욱후욱 더운 콧김 내뿜는 여름 산이면,
열두 폭 안개치마 바람도 없이 들치며 갈밭머리 저어새 흑두
루미 갈매기 그네 뛰는 궁초댕기처럼 날렵히 날아오를 때 풍
기 인견 당홍빛 노을 바다는 또 어떤가 농게 칠게 엉금엉금
기어 나오는 엉덩이 깔고

이보게 배지기 한 끗
파도의 검법이나
한칼

사람이 좋다

봄 여름 가을 겨울 살다 보면 어느덧

꽃보다 상처이고 사랑보다 사람이라

사랑은 가고 없어도 사람은 남습니다

가을 겨울 봄 여름 살다 보면 또 어느덧

상처 여물어 씨앗 눈비 녹이는 햇살

사람은 가고 없어도 사랑은 남습니다

이별

차돌 중에 돌이라도 굳은 맹세 깨어지면

움켜가는 석핵과
떨어져 나가는 박편

그대여 가지고 가셔요

나는 이제
없습니다

나무 하나 나 하나

새벽까지 홀로 잠 못 드는 날 많아져

첫새벽에 호올로 잠 깨는 날 많아져

남 먼저 이슬 적시네

나무 하나
나 하나

만유인력

갯버들 솜털과 솜털 너와 나의 사이를

놓으며 끌어당기는 바람과 물결의 힘

놓으며
끌어당기는

사랑과 고난의 힘

그리움의 순정한 속살로 터져나는
이미지와 운율

이경철 **문학평론가**

우주를 낳는 쓸쓸함과 그리움의 인력引力

2011년 여름밤 백담사 만해마을. 세계적 문인들과 전국 각지에서 모인 시인들이 지켜보는 가운데 열린 만해축전 유심작품상 시상식. 김일연 시인이 시조 부문 작품상을 수상하며 밝힌 소감에 문인들은 숙연했다. 등단 30년을 넘긴 시인이 매양 초심으로 이 메마른 시대 시의 순수와 그리움을 지켜내겠다며 떨리는 목소리로 조목조목 행한 수상 소감에 설악산 여름밤도 서늘해졌다.

"정情과 경景과 운율이 긴장되게 조응하며 독자의 가슴속에

파고드는 자신만의 진정한 목소리와 가락을 가진 시인"이란
게 유심작품상 시상 이유. 시인과 대상이 진정으로 교감하는
선명한 이미지, 그런 이미지와 시조의 정형율에서 우러나는 긴
장되면서도 자연스런 리듬, 그리고 최첨단이면서도 정련된 시
적 형태로 그리움의 정한을 끝 간 데 없이 길어 올리며 한 경
지에 이르고 있는 시인이 김일연이다.

　이번 여섯 번째 시집『엎드려 별을 보다』원고를 쭉 보면서
도 이미지와 리듬이 더욱 세련되어지고 있음을 읽을 수 있었
다. 특히 시인 혼자 달아올라 잉걸불같이 타다 남은 속내가 아
니라 대상과 온몸으로 매양 새롭고 진솔하게 어우러지려는 사
랑, 그 사랑을 일렁이게 하는 그리움의 속내가 선명한 이미지
와 긴장된 운율로 구체화돼 가슴 먹먹하게 울리는 시들이 많
았다.

　우리 삶의 속내의 시작이요, 끝인 그리움. 그런 그리움의 속
내를 천착해 들어가 이미지와 운율로 구체화시켜 인간의 끝
간 데 없는 깊이를 소통하는 게 시의 본질 아니던가. 그렇다면
삶과 시의 알파요, 오메가인 그리움이란 무엇인가.

　"거리를 사이에 둔 사물이 서로를 끌어당기는 것은 외로움
때문이다. 육체가 없는 물질이 머금고 있는 그늘진 외로움. 외
로움의 극한에서 물질은 행동한다. 하르르 지는 꽃잎과 지구

사이에 서려 있는 아득한 그리움을 시는 본다. 그리움은 틀림없는 물질이다."(허만하 시인의 「그리움은 물질이다―아이작 뉴턴에게」 부분)

우주는 어둠 속 한 점 빛에서 생겨났다. 막막한 어둠 속에서 뭔지 모를 것들이 서로를 끌어당기며 뭉쳐 마침내 한 점 빛으로 폭발해 우주가 탄생했다는 게 과학적으로 정설이 된 빅뱅 이론이다. 허만하 시인은 위 시에서 외롭기 때문에 사물들은 서로를 끌어당긴다고 한다. 외로움의 극한에서 서로를 끌어당기는 인력引力, 그것은 곧 그리움이다. 하여 그리움은 우주를 탄생시킨 태초의 에너지며 물질이 된다는 것이다.

캄캄한 혼돈 속에 빛을 있게 한 것도, 빛이 발산되며 무진장한 별들을 만든 것도 서로를 끌어당기는 힘, 인력이다. 막막한 어둠 속에서 육체도 없이 하염없이 외로운 것들이 서로 사무치게 끌어당기며 뭔가가 되고 싶은 기운氣運, 이것이 곧 그리움이다.

그런 그리움이 가스인지 티끌인지 뭔지 모를 것들을 서로 끌어안아 별이며 꽃이며 사람으로 전화轉化케 해 이 애틋하고도 찬란한 파노라마의 우주를 펼치게 했을 터. 김일연 시인의 좋은 시들은 그런 그리움의 속내를 진술하고 정결한 이미지와 운율로 살갑게 드러내고 있다.

자다 문득 한 짐 눈 겨워 뜨는 밤이면

매생이 국물 속에 까무룩 잠겨 있다

너 없이 숨 쉴 수 없어 먹먹히 갇혀 있다

그리움이 넘치면 사람으로 못 살고

살도 뼈도 다 녹은 한 뭉치 매생이 되어

어둠의 바다 가운데 파도 아래 그 어디
　―「매생이국」 전문

　밤새워 술 마시다 혹은 원고 쓰려 담배만 연신 피우다 공친
날 아침, 매생이국으로 쓰린 속을 달랜 적 많다. 김도 파래도
아닌 것이 한데 뭉치고 까무룩 풀어진 태초의 혼돈, 어둠의 바
다 같은 매생이 국물을 저어가며, 훅훅 불어가며 마신 적이 있
다. 위 시는 그런 매생이국을 소재로 하여 본원적인 외로움과
그리움, 가없는 사랑을 읊고 있다.
　위 시에서 우선 눈에 띄는 것은 시조의 안정감 있는 형태와

운율이다. 두 수로 이뤄진 이 시조는 앞 수, 뒤 수 구분 없이 초장, 중장, 종장을 모두 한 행 한 연으로 잡고 있다. 한 단어, 한 음절마저 종종 한 행으로 처리하며 시상詩想과 운율을 긴장되게 자아내는 김 시인의 다른 시들과 비교하면 호흡과 여백이 길고 깊다. 수평선같이, 어둠의 바닷속같이, 어찌해볼 수 없는 그리움의 장탄식같이.

앞 수 초장에서는 지금이라는 구체적 시간이 '자다 문득 눈 뜨는 밤'으로 제시된다. "한 짐 눈 겨워"하며 무겁게 눈뜬 밤이다. 중장에서는 '여기'라는 공간이 뒤따른다. "매생이 국물 속에 까무룩 잠겨 있"는 공간이다. 초장, 중장의 시공은 시인의 실존적 행위의 시공이면서 매생이국의 구체적 이미지이다.

"까무룩"이라는 부사 하나로 시인과 대상은 분별을 잃고 한 몸이 된 시간과 공간이다. 하여 종장에서는 시인의 진술인지 매생이국의 구체적 이미지인지 분간할 수 없는 "숨 쉴 수 없어 먹먹히 갇혀 있"는 실존적 양태의 극한이 제시되며 "너"를 부르고 있다.

뒤 수 초장에서는 어떤 이미지도 드러내지 않으면서 대뜸 이 시의 주제처럼 보이는 진술이 내던져진다. 초장부터 시에서 주제를 드러내거나 찾는 것은 저급한 시인이나 평자들의 짓거리. 그렇다고 독자들에게 주제를 끝끝내 드러내지 않거나 못한다면 그것은 지금 우리의 조급한 현대시에 만연된 마스터베이션이거나 진실성 없는 시적 사기.

앞 수에서 적확한 이미지로 시인과 대상이 일치되며 절실하게 "너"를 불렀으니 뒤 수 초장부터 "그리움이 넘치면 사람으로 못 살고"라는 주제가 자연스레 터져 나왔을 것이다. 이런 자연스런 절실함이 바로 시인과 독자를 수이 소통시키는 힘일진대 이것마저 감춘다면 그것은 독자에 대한 예의가 아닐 것이다.

중장은 앞 초장에서 제시한 주제의 구체화. 뒤 수 초장, 중장은 긴장이나 참신함보다 절실한 진술과 묘사로 시적 주제를 강화하고 있는 대목이다. 그러다 마지막 종장에 와서 시적 주제는 끝 간 데 없이 확장, 심화되고 있다. 누구나 다 절실히 아는 "살도 뼈도 다 녹은 한 뭉치"의 "그리움"이, 그 그리움 하나로 사는 우리네 실존적 삶의 주제가 종장에서 저 바다 파도 속 깊이, 우주 멀리, 무엇보다 독자들 가슴속으로 확산돼가고 있다.

이 시의 눈이랄 수 있는 뒤 수 종장이 없었다면 뒤 수는, 아니 이 시 전체는 그리움을 주제로 한 그렇고 그런 시로 흘렀을 것. "어둠의 바다 가운데 파도 아래 그 어디"라는 이 절구 하나가 시에서 구체화한 우리네 그리움을 이미지와 운율로 끝

간 데 없이 출렁이게 하며 시인의 순정성과 기량을 한껏 드높이고 있다.

이렇게 읽고 나서 위 시의 형태와 이미지와 운율을 다시 한번 살펴본다. 이런 것들은 시에서 주제를 미화하거나 심화하는 수사적 차원을 넘어 시의 진정성을 그대로 드러내주기 때문이다. 언어예술에 있어서 소위 형식과 내용의 일치는 예술의 진정성 차원의 논의여야 할 것이다.

위 시에서 행의 길이를 길게 잡은 것은 살도 뼈도 다 녹아 한 뭉치로 뭉뚱그려진 매생이국의 형태를 위해서일 것이다. 그렇게 녹아든 긴긴 그리움을 위하여 한 행 한 연으로 잡아 그 여백 또한 넓혔으리라. 종횡縱橫의 그 긴 그리움 속에 독자 또한 장탄식으로 참여할 수 있도록.

출중하지만 시조의 정형으로 엄밀히 따져보면 위태롭게 보였던 김 시인의 적잖은 시들과 달리 위 시에서는 자수율과 음보율에 비교적 충실히 따르고 있다. 안정된 율조로 애틋한 그리움의 무게와 깊이를 음전하게 읊기 위해서였을 것이다.

단 초장 첫 행만이 자수율은 맞는 것 같은데 음보율이 헷갈려 아연 긴장을 자아내게 한다. 정형의 자수율로는 '자다 문득 / 한 짐 눈 / 겨워 뜨는 / 밤이면'으로 읽으면 맞지만 의미상의 음보는 '자다 / 문득 / 한 짐 눈 겨워 / 뜨는 밤이면'으로 내겐 읽힌다.

"문득"이라는 긴장된 상황과 "한 짐 눈 겨워"라는 떨칠 수 없는 그리움의 무거운 실존적 상황에 방점을 찍어두기 위해 이런 변형된 음보를 취했을 것이다. 나아가 이 첫 행의 긴장된 변주가 없었다면 시 전체가 형태나 운율 측면에서 정형에 꽉 갇힌 답답함을 줬을 것이다.

앞에서 살펴보았듯 위 시는 매생이국 이미지와 시인이 한몸이 되어 그리움을 퍼 올리며 일렁이게 하고 있는 시이다. 정과 경을 까무룩 하고 먹먹하게 일치시킬 정도로 이미지가 적확하다. 마지막 행 "어둠의 바다 가운데 파도 아래 그 어디"를 보시라. 매생이국 이미지가 시인의 그리움의 실존적 정황과 얼마나 적확히 일치하고 있는가. 운율에 실린 그 이미지는 그 그리움을 또 얼마나 일파만파 일렁이게 하며 "그 어디"까지 확산시키고 있는가.

가닿을 수 없는 그리움을 향한 단심丹心

이른 아침 눈을 뜨면 나도 몰래 눈물이 나
철없던 스물부터 철 지난 지금까지

116

간절한 그 무슨 바람이 있는 것도 아니련만

스물의 사랑 앞에
삶 앞에
죽음 앞에

그보다 두려운 것은 사람의 쓸쓸함 앞에

나 항상 새로 눈뜨며 가만히 눈물이 나
—「아침 기도」 전문

이 시집의 서시, 아니 그보다는 서문으로 올려놓아도 좋을
시이다. 이 글 머리에서 밝힌 김 시인의 유심작품상 수상 소감
을 압축해놓은 듯 지금까지의 순정한 시작詩作과 앞으로도 변
함없는 각오가 진솔하게 읽히는 시이기 때문이다.

두 수로 이뤄진 이 시에서 앞 수는 시조의 관행적 형태와
운율에 따르고 있지만 뒤 수는 그 형태와 음보율의 보격에 심
한 변주를 하고 있는 것이 우선 눈에 띈다. 그리고 묘사는 하
나도 없이 진술로 시종일관하며 시인의 속내를 직접, 솔직하게
드러내고 있는 것이 특징이다.

앞 수 초장에서는 앞에서 살펴본 시「매생이국」에서와 같이 지금이라는 시간이 제시된다.「매생이국」에서의 시간이 매생이의 검은 이미지와 같은 "밤"이라면 이 시에서는 "이른 아침"이다. 제시된 시간에 시인이「매생이국」에서는 "한 짐 눈 겨워", 기투된 실존적 삶 혹은 그리움의 무게에 겨워 눈을 떴다면 이 시에서는 자신도 모르게 눈물을 흘리고 있다.

이어지는 중장, 종장에서는 시상도 별달리 진행시키지 않으며 눈물이 나는 이유도 밝히지 않으려 한다. 중장, 종장은 철저하게 초장에 부속되어 "이른 아침 눈을 뜨면 나도 몰래 눈물이 나"는 시인의 현재 상황을 강화하고 있다.

그러다 뒤 수에 와 그 눈물이 나는 이유가 밝혀지고 있다. 어찌 보면 평범한 진술로 읽힐 한 문장의 한 수를 다섯 행 세 연으로 구성하며 형태와 운율에 변주를 꾀하고 있다. 세 행 한 연으로 구성한 초장은 "앞에"가 세 번이나 반복되며 그 앞에 "사랑", "삶", "죽음"이 나열된다.

연을 달리해 한 행으로 구성한 중장도 초장의 연속된 "앞에"의 반복. 그 앞에는 "쓸쓸함"이 놓인다. 초장에서 행을 달리해 "사랑", "삶", "죽음"으로 침잠해 들어가던 눈물이 나게 하는 진짜 "두려운 것"은 이 중장에 와서 결국 "쓸쓸함"으로 귀결되고 있다.

"나비야 밤의 모퉁이에 너는 외톨이구나", "폭설아 이 도시에서는 너도 혼자로구나". 제목을 숫제「혼자」라고 붙인 시의 이 대목들같이 혼자라는 쓸쓸함, 외로움이 시인의 사랑과 삶과 시 쓰기의 동력이 되고 있음을 이번 시집은 곳곳에서 보여주고 있다.

　「아침 기도」 뒤 수 종장에서는 "나 항상 새로 눈뜨며 가만히 눈물이 나"라며 앞 수 초장으로 반복, 변주하며 돌아가고 있다. 꼬리가 머리를 물고 도는 순환과 반복, 나열로 시인의 시작 자세, 나아가 사랑과 삶과 죽음, 그리고 쓸쓸함의 순정성을 환기하고 있는 것이다.

　반복된 이 시의 첫 행과 마지막 행의 변주를 보라. "이른 아침"이라는 구체적 시간이 마지막에서는 "항상 새로"라는 보편적 시간이 되고 있지 않은가. 그리고 뒤 수 초장, 중장의 네 번의 반복을 심화하며 수식하는 시간을 보라. "스물의"가 아닌가. 해서 이 시는 세상에 막 눈뜬 스무 살의 순정으로 매양 새롭게 삶과 시를 대하겠다는 시인의 단심으로 읽힌다.

　　무창포 해변에 횟집 푸른 수족관

　　조가비 눈을 뜬다 바다인 줄 알고

그대가
바다인 줄 알고
눈이 부시게 바라본다

스르르 입 벌린다 갯바위 파도 기슭

보고 싶다 철썩이는 물거품이 그리워

아득한
유리 바다에
혀를 붙인 꽃조개
　　　－「무창포」 전문

　묘사와 진술, 경과 정이 어우러지며 닿을 수 없는 그리움,
혼자 처절하게 내던져진 실존의 양상이 아름답게 드러난 시이
다. 횟집 수족관과 갯바위 기슭을 바라보며 간단없이 이리 묘
오妙悟의 지경을 보여주는 시인의 깊이와 시적 기량이 놀랍다.
　이 시조를 이루는 두 수 모두 초장, 중장을 한 행 한 연으로
처리하고 종장을 세 행 한 연으로 처리한 같은 형태를 띠고 있
다. 영원한 현재형으로, 시간을 증발시킨 이 시의 공간은 앞 수

초장에 "무창포 해변에 횟집 푸른 수족관"으로 구체적으로 제시된다.

중장에서는 그 수족관 속 "조가비"가 대상으로 제시된다. 그조가비는 수족관 속이 바다인 줄 알고 "눈을 뜬다". 입 벌리는 조개를 한참 들여다본 시인의 심안心眼이 눈을 뜨는 모습으로 잡아냈을 것. 시인은 세심한 관찰로 조가비와 한몸이 돼갔을 것이다.

하여 종장에서는 대뜸 "그대"라는 2인칭 대명사가 튀어나온다. "눈이 부시게 바라"보는 행위, 시인의 사려思慮가 "그대"라는 2인칭 대명사를 부르며 시인과 "수족관"이나 "조가비" 같은 시적 대상과 일치시키고 있는 것이다.

이렇게 사려 깊게 대상을 바라보는 시인의 눈은 뒤 수에 와서 수족관인지 바다인지 분간 못 할 묘사와 진술을 불러온다. 갯바위 기슭이 몰아치는 파도에 스스로 입 벌리는 모습인지, 수족관 유리벽에 붙은 조가비가 스르르 벌리는 입인지 분간할 수 없다.

그러다 종장에 와서는 적확한 묘사로 그런 분간이 부질없음을 일깨우고 있다. 시인과 조가비, 유리 수족관과 실제 바다를 "아득한"이라는 부사 하나로 일치시켜버리고 있다. 하여 대책 없이 내던져진 삶, 닿을 수 없는 본질과 그리움이 실존의 비극

적 양상일지라도 그것을 넘어서려 하고 있다. 나와 세계의 분
별없는 일체감으로.

사랑의 깊이, 그 처절한 아름다움

너는
나인 듯이
나는 너인 듯이 서서

해 났다 햇빛 쬐자 눈물 담고 웃는다

여기서 돌아가지 말자

산언덕에
나란히
—「미나리아재비와 애기똥풀」 전문

단수로 이뤄진 소품이면서도 넓은 여백에서 우러나는 가없
이 쓸쓸한 울림에 문득 신동엽 시인의 짧고 애잔한 시 한 편

떠오른다. "아름다운 / 하늘 밑 / 너도야 왔다 가는구나 / 쓸쓸한 세상 세월 / 너도야 왔다 가는구나. // 다시는 / 못 만날지라도 먼 훗날 / 무덤 속 누워 추억하자, / 호젓한 산골길서 마주친 / 그날, 우리 왜 / 인사도 없이 / 지나쳤던가, 하고."(「그 사람에게」전문). 그 사람과 이별하면서 쓴 시인지, 호젓한 산골길서 마주친 무덤을 보며 쓴 시인지 모르겠지만 생전에는 벗어날 수 없는 쓸쓸함과 그리움이 진하게 묻어난 시이다.

김 시인의 위 시도 양지바른 산언덕에 나란히 피어 있는 미나리아재비와 애기똥풀을 보며 어찌해볼 수 없는 쓸쓸함과 그리움을 읊고 있다. 나 역시 도심의 마지막 남은 야산 허리 난간에서 노랗게 위태롭게 피어 서로는 서로를 닮고, 되고 싶어 애타게 하늘거리는 그 꽃들을 본 적이 있다.

위 시 초장은 세 행 한 연으로 잡아 "너"와 "나"의 독립성과 상사성을 강조하고 있다. "너", "나", "나는 너"를 각 한 행씩 차지하게 해 전차 일치시켜 나가려 하나 미나리아재비는 미나리아재비이고 애기똥풀은 애기똥풀이듯 하나가 될 수 없다. 그냥 "듯이"라며 나란히 서 하나 된 시늉만 보일 뿐이다.

한 행 한 연으로 구성된 중장에서는 햇빛 아래 피어 있는 꽃들을 묘사하고 있다. 웃고 있는 듯 보이지만 눈물을 담고 있다. 꽃들에 대한 세심한 시선이 이슬인 듯 축축이 젖은 그 꽃들에서 "눈물"을 보아냈을 것이다.

"앞 냇물 가을 잔고기들 환한 속 보이겠다"(「입추」). 대상을 사려 깊게 바라보면 이같이 속까지 훤히 들여다보이는 선명한 이미지를 길어 올릴 수 있다. "우주와 맨눈으로 맞춘 초점 // 가장 낮게 / 순하게"(「엎드려 별을 보다」). 우주를 자신의 속내로 끌어들이는 감정이입이 아니라 낮고 순하게 맨눈으로 바라보는 행위는 무엇보다 시인과 세계, 정과 경을 그 속내로 통하게 할 수 있다.

한 행 한 연으로 잡은 종장 전반구에서는 시조 양식 고유의 특장인 급격한 반전이 일어난다. "여기서"라는 지시대명사로 지금 여기서 시인과 미나리아재비와 애기똥풀은 하나로 동화된다. "눈물 담고 웃는" 것이 모든 존재들의 지금 여기에 사는 모습 아니겠는가. 기투된 비극적 실존에 정직한 눈이라면.

하여 "여기서"는 단순한 지시대명사로 읽히지 않고 대상을 오래 바라보는 행위가 불러온 각성, 시상의 급격한 전환을 알리는 감탄사로 들린다. 해서 두 행 한 연으로 잡은 종장 후반구 "산언덕에 / 나란히"에서 결코 합치될 수는 없지만 "나란히", "눈물 담고 웃"으며 살자는 체념의 비원悲願으로 읽힌다.

사랑의 힘이로구나, 폭풍우와 해일도

머리에서 가슴까지
찡하고
울리는

향기가 되어버리는 조그마한 꽃송이

당신이 좋아서 꺾일 듯 일어나는

아프지 않고서는 피어날 수 없는 행복이

춤추는 뒤꿈치를 하고
노랗게
살아 있구나
　　　―「비금도 해국海菊」 전문

　위 시는 자유시를 압도하는 듬성듬성한 행과 연 나눔이 시
인 특유의 관행으로 굳어버린 것 아닌가 하는 우려를 자아내
게도 한다. 그러면서도 우주 만물의 쓸쓸한 존재 양태를 어떻
게 헤쳐나가는가를 들여다볼 수 있게 하는 시이다.
　두 수로 구성된 이 시에서 시인은 섬에서 폭풍우와 해일에

도 끄덕 않고 핀 해국을 바라보며 "사랑의 힘"을 새로이 깨달아 감동하고 있다. 앞 수에서는 폭풍우와 해일의 역경이지만, 너와 나 합치될 수 없는 비극적 실존이지만 그 역경과 비극을 받아들여 "향기가 되어버리는" 해국에서 "사랑의 힘"을 깨닫고 있다.

뒤 수에서는 초장 첫 음보부터 "당신이"로 시작하며 시인은 해국 속으로 들어가 단숨에 그 꽃이 되고 있다. 이 시집에는 위에서 살펴보았듯 "너"나 "당신", "그대" 같은 2인칭 대명사가 종종 나오는데 대명사라기보다 시적 대상은 물론 나 아닌 다른 모든 것과 사랑으로 일치되려는 비원을 담은 감탄사로 읽고 싶다. 대상의 세계에서 시인의 내면으로 들어가는 통로, 정과 경의 접점에 튀어나온 감탄사로 들린다는 것이다.

폭풍우와 해일에 꺾일 듯하면서도 좋아서 피어 있는 해국을 바라보면서 중장에서는 "아프지 않고서는 피어날 수 없는 행복"이라는 보편적 진리에 새삼 이르게 된다. 종장에서는 아프게 피어나는 사랑, 그 행복이 섬에 깨금발로 위태롭게, 춤추는 듯 핀 해국의 이미지로 구체화되고 있다.

"무릎이 흥건하도록 / 깨지고 넘어지며 // 마침내 여기 왔으니 말할게요 아름답다고", 시 「낙가산」에서는 "갯벌 같은 사람"들이 "파도 같은 사랑"으로 어우러져 사는 세상의 아름다움을 노래하고 있다. "여기"라는 아름다움의 지점은 무릎이 깨지고 넘어지는 체험에 의해 이른 지경일 것이다.

"눈길 미끄러우면 한 번 미끄러져 주자 // 엉덩방아 찧으니 / 닿을 듯 파란 하늘 // 웃으며 / 미끄러지자 // 살아 있는 좋은 날"(「눈길」 전문). 이런 작위作爲의 기막힌 자연스러움은 무엇이 불러오는가. "눈물 담고 웃는다"는 비극적 실존 의식에 정직하면서도 살아내야만 하는 삶을 아름답게 살게 하는 것, 그것은 사랑인가 작위인가.

꽃은
눈멀어
몸을 다 연다

그마저 없다 하면
봄가을
우찌 살꼬

눈머는 그 깊이 아니면
무엇을 하리

짧은 날을

—「눈머는 깊이」전문

「미나리아재비와 애기똥풀」에서 "눈물 담고 웃는" "듯이"로
서의 시늉, 「눈길」에서 "미끄러우면 한 번 미끄러져 주자"는
체념 혹은 작위, 「비금도 해국」에서 "아프지 않고서는 피어날
수 없는 행복"이라는 비극적 진실, 그리고 「낙가산」에서 "무릎
이 흥건하도록 / 깨지고 넘어지"는 체험으로 말하는 아름다움.
그러나 그런 행복이나 아름다움, 각성이나 일체감 등에는 여전
히 합치될 수 없는 너와 나의 분별이 아프게 묻어 있다.

그렇다면 합치될 수 없는, 본원적으로 쓸쓸하고 외롭게 태
어난 너와 나는 어찌해야 할까. 이 세상의 "짧은 날"을 "우찌
살꼬"라고 묻고 대답하는 시가 「눈머는 깊이」이다. 죽음보다
두려운 삶의 쓸쓸함에서 벗어나기 위한 시인의 전 체험에서
우러난 답이 "눈머는 깊이"이다.

3장 6구의 단수로 이뤄졌지만 그 내용과 형태, 운율 등에서
정점으로 치닫고 있는 시조 현대화의 한 전범이 될 만한 시이
다. 한 음보를 한 행 처리하고 한 장을 한 연으로 잡아나가다
종장에서는 마지막 음보를 한 연으로 떨어뜨린 과감한 행과
연 구성의 형태에서 어디 관형에 갇힌 시조의 답답한 구태가

드러나는가. 시조의 음보율에 따르면서도 초장에서 2/3/2/3으로 짧고 경쾌하게 나가는 운율, 특히 행과 연 갈음의 형태에서 눈에 들어오는 운율과 어우러지는 음보에서 누가 정형율의 답답함을 느끼겠는가.

김춘수의 시 「하늘 수박」에서 따온 "우찌 살꼬"라는 사투리를 이 짧은 시와 운율에 그대로 씀으로써 시의 운율과 내용에 살가운 구체성을 더하고 있다. 그러면서 어찌 보면 고단위 관념같이 추상적으로 들릴 "눈머는 그 깊이"에 실감을 주고 있다.

그렇다면 위 시의 주제요, 시안인 "눈머는 그 깊이"는 무엇인가. 이 짧은 날의 한 생애를 살게 하고 꽃피워 우주를 열게 하는 "눈머는 그 깊이"는? 시늉을 거쳐 작위를 거쳐 체념을 거쳐 도달한 그 깊이의 세계는 어떤 지경인가. 그 지경에 대해 섣불리 논하거나 정의를 내리지는 말아야 할 것이다. 그것은 사상이나 종교의 몫. 그런 궁극의 지경에 구체적인 옷을 입혀 살갑게 보여주고 느끼게 하는 것이 시의 몫일진저.

어떠신가. 무릎 깨지고 넘어지며, 살도 뼈도 다 녹이며 이른 그 지경의 생피 흘리는 인간의 한과 원은? 도저한 비극적 인식에서 길어 올린 그 깊이, 참 한스럽고도 아름답지 않으신가.

현대시의 전범典範이 될 이미지와 운율

"충격, 해체, 자해, 폭력, 무의미, 패륜과 같은 방식의 시선 끌기 시들"(오세영 시인), "몽환적 속박에 빠진 장황하고 난삽하며 소통 부재의 시들"(최동호 시인), "내용이나 형식에서 과도하게 독자에게 부담을 주는 지금의 한국 시는 반성이 필요하다"(이하석 시인).

위와 같이 21세기 들어 혼란에 빠진 자유시, 시 아닌 시들이 쓰이고 대접받는 시단에 반성이 일고 있다. 서정과 시의 정체성이 혼돈에 빠져 반성이 일고 있는 이때 우리의 정형시인 시조는 시의 시성詩性을 바로잡아 주는 데 큰 역할을 할 수 있을 것이다. 「눈머는 깊이」 같은 시조는 정제된 짤막한 길이와 내용의 깊이, 특히 시를 시답게 하는 운율과 감동적인 소통 측면에서 자유시단의 부러움을 사며 시성 회복에 큰 도움을 줄 수 있을 것이다.

고양이 발자국이 점점이 다녀간 후

매화
먹 가지에

물오르는 환한 밤

우물에 별자리인 양 뜨고 있는 괭이눈꽃

가느다란 붓끝이 찍고 간 눈동자에

별빛
모아
불꽃 일 것만 같다

봄밤에 다녀가시라고
끈
풀어놓는다
　　　　―「묵매墨梅」전문

　이 글 모두에서 밝힌 유심작품상 수상작이다. 김홍도의 스
승이자 조선시대 문인화를 대표하는 강세황의 〈묵매도〉를 소
재로 한 이 시는 그 그림보다 더 선명한 이미지에 시인의 정을
포개놓고 있다.
　두 수로 이뤄진 이 시의 앞 수에서는 정보다 경이 승勝한 듯

보인다. 〈묵매도〉 속의 매화나무 가지와 꽃을 차용해 봄밤을 단아하게 그리고 있다. 특히 중장 "매화 / 먹 가지에 / 물오르는 환한 밤"에서는 수묵화 화선지에 먹의 농담濃淡 번지듯 그림 속의 매화에 지금 이곳의 봄밤을 배어나게 하며 시인의 춘정春情도 슬며시 얹고 있다.

뒤 수는 〈묵매도〉 혹은 봄밤을 적극적으로 읽는 시인의 정이 우세한 듯하다. 특히 종장에서는 "봄밤에 다녀가시라고 / 끈 / 풀어놓는다"며 독자에게 다가가는 그 춘정, 그리움의 끈까지 풀어놓고 있다.

그러나 시에서 정과 경을 구분하는 것이 무슨 소용 있겠는가. 풍경과 대상을 바라보는 시인의 사려 깊은 눈이 잡아낸 좋은 시에는 이미 경 속에 정이, 정 속에 경이 포개져 있는 것임을. 그래 '정경교융情景交融', '물아양망物我兩忘'의 지경이 동양 시학의 요체인 바라봄의 시학, 즉 정경론情景論의 궁극 아니던가.

「묵매」는 이렇듯 정과 경이 농담처럼 서로 조응하며 독자들의 가슴속에 강세황의 〈묵매도〉 같은 기품 있는 춘정을 스며들게 하고 있다. "물오르는" 매화 먹가지, "뜨고 있는" 고양이 눈 같은 매화꽃, "붓끝이 찍고 간" 눈동자, "봄밤에 다녀가시라고" 등 현재진행형의 역동적 표현으로 그림 속에 갇히지 않고 나와서 오늘의 봄밤과 춘정을 그리고 있다. 이미지가 우세한 시

이면서도 한 자, 한 단어를 별행 처리하며 툭툭 부러지며 이어
지는 시인 특유의 운율도 살리고 있다.

미순이 흰자위 빛 찔레꽃

핀다
핀다

맨드라미 벼슬 빛 뻐꾸기

운다
운다

소나기 한줄기 맞아라

사람아
가문 사람아
—「찔레꽃가뭄」 전문

이 시집 머리에 올린 시이다. 한 시집의 얼굴로 내세울 정도

로 이 시에 대한 시인의 자부가 대단했을 만큼 이미지와 운율
이 어우러지며 한 지경을 여는 시인의 특장을 가감 없이 보여
주는 시이다.

'찔레꽃가뭄'은 "모내기 철이자 찔레꽃이 한창 필 무렵인 음
력 5월에 드는 가뭄"이란 사전적 뜻을 지닌 아름다운 우리말이
다. 이렇게 예쁘고 좋은 우리말 자체에는 민족의 삶과 멋, 한
과 원이 담겨 있듯 김일연 시인의 좋은 시들에는 선명한 이미
지와 긴장되면서도 자연스런 운율 속에 우리네 삶의 하고많은
사연과 한과 원, 그리고 사랑이 내장돼 있다.

단수로 구성된 이 시는 행과 연 갈음의 형태와 그 형태에서
우러나는 운율이 눈에 띄게 들려온다. 초장 네 음보 중 앞 세
음보 "미순이 흰자위 빛 찔레꽃"에서는 찔레꽃 하얀 이미지를
선명하게 각인시킨다. 마지막 한 음보는 연을 달리하며 두 행
으로 잡아 "핀다 / 핀다"라고 반복하며 자꾸자꾸 무더기로 피
어오르고 있는 찔레꽃 이미지에 역동성을 준다. 그러면서 이
"핀다"는 시각적 이미지는 반복에 의해 어느덧 운율을 낳는
다. 그 운율은 독자의 시각과 청각에 자꾸 되풀이되면서 찔레
꽃이 무더기로 피어오르게 하는 효과를 낸다.

중장에서도 앞 세 음보 "맨드라미 벼슬 빛 뻐꾸기"에서는
뻐꾸기 울음을 선명한 이미지로 제시한다. 이어 마지막 음보는

초장같이 연과 행 갈음으로 "운다 / 운다"를 반복하며 울음소리
의 역동성과 함께 뻐꾸기 울음소리를 배고픈 춘궁기 지천에
가득 넘치게 한다. 특히 반복에 의해 운율을 얻으며 선명한 이
미지를 청각화하는 공감각 이미지 효과를 극대화시킨다.

선명한 이미지 각인 후에 나오는 반복에 의한 운율은, 뜻이
없고 몰라도 좋을 주문呪文이 그렇듯, 원과 한의 수많은 서사
를 반복, 내장하고 있다. 초장에 나오는 "미순이"라는 이름.
하고많은 이름 중 왜 그 이름일까 생각해보니 미군 장갑차에
깔려 죽은 소녀 미순이가 떠오른다. 까무러치며 마지막으로 떴
을 미순이의 흰자위 눈빛이 떠오르며 찔레꽃 그 순박하고 하
얗고 배고픈 꽃에 얹혔을 이 땅 반만년의 한스런 이야기들이
"핀다 / 핀다"의 반복에 의해 자꾸 피어오르는 듯하다.

중장에서 뻐꾸기 울음소리를 시각화한 "맨드라미 벼슬 빛"
이란 이미지가 참 선명하고도 처절하게 가슴을 미어온다. 찔레
꽃 필 무렵이면 들리기 시작하는 뻐꾸기 울음. 제 설움을 제가
울며 이 산 저 산, 하늘과 땅을 공명共鳴시키는 뻐꾸기 그 핏
빛 울음소리를 이리 선명한 이미지와 "운다"의 반복으로 천지
간 가득 차게 하다니.

"맨드라미 벼슬 빛 뻐꾸기" 울음소리가 내겐 이 시집에 실린
시 「극락강」의 서사를 자꾸 떠오르게 한다. "극락강 가에 앉아

135

/ 어머니와 나와 // 아기를 들쳐 업고 기저귀 보따리 안고 // 가난한 어린 엄마가 / 앉아 울던 그 강가에"라는, 슬프고도 아름다운 우리네 본원적인 이야기가 줄거리도 없이 떠오른다. "아기를 뱃속에 품고 숨죽이던 별빛 풀꽃"(「목련 달빛」) 같은 삼라만상 우주의 비밀스런 이야기들이 들리는 듯도 하다. 선명한 이미지와 반복된 리듬에서.

행과 연 갈음 형태는 같지만 종장에서 시인은 태도를 확 바꿔 명령과 하소연 조로 나간다. 찔레꽃가뭄을, 우리네 원과 한을 풀어줄 소낙비 내려주겠으니 맞으라고. 이런 일 저런 사유로 이래저래 가문 우리네 속과 천지를 풀어주겠다는 것이다. 찔레꽃과 뻐꾸기 울음소리의 인상적인 이미지와 반복된 운율로 우리네 원한과 삼라만상의 한스런 이야기를 주저리주저리 꺼내게 하던 시인이 종장에 이르러서는 그 맺힌 원과 한을 풀어주겠다는 것이다.

이 대목에 이르러 나는 뜻과 정이 제대로 통하지 않아 메마른 이 시대, 시인의 무巫로서의 본분을 떠올리지 않을 수 없다. 무당, 샤먼이란 어떤 존재인가. 우리네 삶의 원과 한을 우주적 신명으로 지펴내는 사람 아닌가. 온몸으로 삼라만상을 받아들여 서로 회통시키는 사람이 샤먼 아니던가.

그렇다면 시는 어디서 나왔는가. 우주의 탄생과 같은 쓸쓸함, 그리움이 시를 낳지 않았던가. 합치될 수 없는 너와 나의 안타까운 거리, 그 죽음보다 두려운 사람의 쓸쓸함이 시를 낳고 있지 않은가. 우주 삼라만상과 온몸으로 교융하며 다시 하나 되고픈 간절함이 오늘도 시를 쓰게 하지 않는가.

그러매 시인과 샤먼은 본디부터 한 혈육. 독자와 우주 삼라만상은 물론 귀신과도 감읍感泣, 소통할 수 있는 언어를 부리는 시인. 그런 무로서의 시인의 여전한 본분을 나는 김일연 시인의 이번 시집을 통해 다시 한 번 확인한다. 부디 그 선명한 이미지와 운율로 우주에 만연한 쓸쓸함과 그리움의 환한 속살 드러내며 우리네 삶과 사랑의 원과 한 풀어주는 큰 시인 되시길 빈다.

엎드려 별을 보다

초판 1쇄   2011년 11월 10일
초판 2쇄   2012년 12월 3일
지은이   김일연
펴낸이   김영재
펴낸곳   책만드는집

주소   서울 마포구 합정동 428-49번지 4층 (121-887)
전화   3142-1585·6
팩스   336-8908
전자우편   chaekjip@naver.com
출판등록   1994년 1월 13일 제10-927호
ⓒ 김일연, 2011

ISBN   978-89-7944-377-6 (04810)
ISBN   978-89-7944-354-7 (세트)